IL MULINO A VENTO

Per volare con la fantasia

Collana di narrativa per ragazzi

33

GRUPPO EDITORIALE
RAFFAELLO

Editor: *Paola Valente*
Redazione: *Emanuele Ramini*
Ufficio stampa: *Salvatore Passaretta*
Team grafico: *Letizia Favillo*

1ª Edizione 2009

Ristampa
7 6 5 4 3 2 1 2020 2019 2018 2017 2016 2015

Raffaello Libri Srl
Via dell'Industria, 21
60037 - Monte San Vito (AN)
www.raffaelloeditrice.it
www.grupporaffaello.it

e-mail: info@ilmulinoavento.it
http://www.ilmulinoavento.it
Printed in Italy

kiwa certified CERMET
SISTEMA DI GESTIONE CERTIFICATO
UNI EN ISO 9001:2008

Maria Strianese

Alla ricerca dei colori perduti

Illustrazioni di
Valentina Grassini

Buongiorno, Luca

Quella mattina, come ogni mattina, Luca si svegliò alle sette. Si stiracchiò nel letto, fece un grande sbadiglio e disse:

- Mamma, oggi non voglio andare a scuola!

Abituata ai capricci dei figli, la mamma non si scompose più di tanto e rispose dalla cucina con tono dolce:

- Per caso qualcuno vuole un bacio?

Allora il bambino si alzò e corse in cucina, arrivando prima di sua sorella Silvia.

Luca aveva sette anni e Silvia solo quattro.

Luca era già abbastanza alto, aveva i capelli ricci e non gli piaceva pettinarli. Invece gli piaceva correre, giocare a pallone e combattere i mostri. Gli piaceva pure avere una sorella e giocare con lei.

Silvia era ancora piccola, aveva le guance paffute e rosee e un nasino buffo, ma ormai aveva smesso di piangere in continuazione. Sapeva parlare e dire cose divertenti, come *forse-abile*, invece di *formidabile*, o *spizzarire*, invece di *sbizzarrire*, e altre parole simili.

Quella mattina sembrava l'inizio di una giornata come tante.

Luca andò in bagno per lavarsi: ormai grande, sapeva farlo da solo. Lasciò scorrere l'acqua calda in abbondanza, riempì il lavandino di schiuma e si divertì a soffiarla e a schizzarla intorno. Un po' di schiuma cadde pure addosso a Tonto, il gatto grigio, e lo fece scappare via.

- Fa' presto - gli disse la mamma, - così avremo il tempo di fare una bella passeggiata fino a scuola.

Però Luca, come succedeva tutte le mattine, non aveva voglia di camminare.

"Se c'è l'automobile" pensava, "perché bisogna fare la fatica di andare a piedi?"

Restò nel bagno a giocare con l'acqua e a perdere tempo, fino a quando arrivò la mamma con Silvia e lui fu costretto ad andare in camera. Si vestì al rallentatore, si trastullò ancora un poco, poi andò dalla mamma per farsi allacciare le scarpe, anche se sapeva farlo da solo: ogni tanto giocava a fare il bambino piccolo.

La mamma lo seguì fino in cucina, dove il padre aveva già finito di fare colazione.

Il padre di Luca era un commerciante ed era il primo a uscire la mattina. La mamma lo raggiungeva più tardi, dopo aver accompagnato i bambini a scuola.

Il padre salutò il figlio con un buffetto affettuoso, baciò Silvia e la mamma, e uscì.

Luca si sedette accanto a Silvia e cominciò a mangiare. Si riempì la bocca di biscotti all'inverosimile, finché non ne entrarono proprio più, poi si schiacciò le guance sbrodolandosi come un lattante.

Silvia rise così tanto che non riuscì più a mangiare.

- Bambini, smettetela, vi andrà tutto di traverso - li avvertì la mamma. E andò da Silvia a pulirle la bocca.

A Luca piacevano i biscotti e il cioccolato, il latte invece no.

Mentre la mamma era impegnata ad aiutare la sorellina, Luca fece il furbo: si alzò e in fretta versò il latte nel lavello.

- Ho finito! - annunciò. E andò a prendere lo zaino.

Ormai avevano già messo le giacche ed erano accanto alla porta pronti per uscire.

- Mamma, lo metto il cappello? - domandò Silvia.

Luca invece cominciò a piagnucolare, come se fosse ancora piccolo.

- Sono stanco... Lo zaino è pesante... Andiamo in macchina, mamma, andiamo a scuola in macchina...

La mamma guardò l'orologio: ormai era troppo tardi per andare a piedi. Così anche quella mattina dovette accompagnarli in auto.

Dopo cinque minuti, erano arrivati.

La scuola a Luca piaceva abbastanza. C'erano sempre molte cose da fare e da imparare. La storia era interessante, mentre la geografia era un po' noiosa perché c'erano troppi nomi da ricordare.

Gli piaceva anche scrivere. La mamma gli aveva regalato una penna speciale, con dieci colori, e Luca la trovava fantastica. Per ogni materia poteva usare un colore diverso e i suoi quaderni erano pieni di allegria.

La cosa più bella della scuola, però, erano i compagni, soprattutto Paolo e Gianni, i suoi amici preferiti.

Appena entrato, Luca corse a salutarli, ma dovette sedersi subito e fare silenzio, così non poté raccontare loro il film che aveva visto il giorno prima. Sapeva che non poteva chiacchierare mentre la maestra parlava. Qualche volta riusciva a trattenersi, ma ogni tanto una parola gli scappava: era più forte di lui. Quella mattina aveva talmente tanta voglia di parlare che iniziò ad agitarsi sulla sedia, impaziente, battendo i piedi senza neppure rendersene conto.

Ad un certo punto, la maestra lo richiamò.

- Luca, non far rumore!

Per fortuna l'ora della merenda arrivò presto e andarono tutti in cortile. Luca poté finalmente raccontare il film a Paolo e Gianni, mentre mangiavano i loro spuntini e si scambiavano merendine e bibite.

Dopo, buttarono buste vuote, lattine e bicchieri di plastica in mezzo all'aiuola del cortile e corsero a giocare. Nessuno voleva perdere neppure un minuto di tempo perché presto bisognava tornare in classe.

***

Quel pomeriggio Luca doveva fare i compiti da solo, però era tentato di vedere la televisione e giocare a pallone nel corridoio. Non sapeva decidere cosa fare prima. Se avesse cominciato subito a giocare, avrebbe perso il suo programma preferito.

Se avesse guardato la tv, non avrebbe avuto tempo per fare tutti i compiti e poi giocare. Perciò accese il televisore in cucina e andò a tirare calci alla palla in corridoio. Tra un tiro e l'altro correva a fare un esercizio sul quaderno, poi tornava a dare un altro calcio alla palla.

- Abbassa il volume del televisore - disse la mamma, - è troppo forte.

- Da qui non sento niente - fu la risposta.

Corse di nuovo a sedersi per scrivere un'altra frase, ma era distratto e sbagliò una parola. Allora strappò il foglio e andò in cucina a buttarlo nella spazzatura e a dare un'altra occhiata alla televisione.

Silvia intanto restava seduta alla scrivania di Luca. Le piaceva stare vicino al fratello, guardare tutto quello che faceva e provare ad imitarlo. Anche lei avrebbe voluto scrivere, però era ancora piccola e conosceva solo la lettera *o*. Mentre il fratello faceva i compiti, Silvia riempì un foglio con tante *o* di tutti i colori e di tutte le misure.

Più tardi, finiti i compiti, i due fratelli si misero a giocare insieme, come facevano tutti i giorni. Luca ebbe l'idea di far combattere i suoi mostri contro le bambole di Silvia.

Bum, pam, plum!

Le bambole volarono per la stanza. Avevano vinto i mostri e Silvia piangeva. Allora il fratello raccolse le bambole sconfitte e, per consolare la sorella, gliele riportò assieme a due caramelle.

- Carlotta non c'è! - piagnucolò Silvia.

Mancava una bambola, così Luca partì alla sua ricerca. Prese la torcia per guardare sotto il letto, ma la torcia non si accese, così mise delle pile nuove e buttò quelle usate nella spazzatura. Finalmente la torcia si illuminò.

Il bambino si tolse la felpa e si infilò sotto il letto. Gli occhi verdi di Tonto luccicarono nel buio.

Sembravano quelli di una feroce tigre nascosta in una caverna. Luca non si scoraggiò, ma avanzò strisciando. Tonto scappò. Carlotta era salva.

Consegnò la bambola alla sorella ed ebbe in cambio un bacio.

- Mamma, ho freddo! - gridò poi.

- Metti la felpa, allora - suggerì la mamma.

- No, mi dà fastidio mentre gioco. Alza la temperatura del riscaldamento.

A Luca piaceva giocare indossando solo la maglietta, anche se era inverno. Si sentiva più leggero e libero. La felpa gli era d'impaccio.

"E poi il riscaldamento c'è per questo: per riscaldare" pensò. "Perciò, più è caldo e meglio è!"

I due fratelli continuarono a giocare fino a sera. Con le bambole, i mostri e le automobiline Luca organizzò un corteo trionfale attraverso la casa, per festeggiare la vittoria. Correndo in giro, accese la luce in tutte le stanze, pure nel ripostiglio.

- Luca, spegni le lampade che non ti servono - gli disse il papà, appena tornato.

- Sto giocando. Ho bisogno di luce!

Non voleva disobbedire, ma il buio non gli piaceva più di tanto. La sera voleva tutte le luci accese, come se fosse giorno, per vedere bene ogni cosa. Di notte si accontentava di una lucina, perché doveva dormire e i sogni si vedono bene con gli occhi chiusi, come gli aveva spiegato il padre.

Quella giornata finì senza nessun fatto eccezionale. Luca, come al solito, diede il bacio della buonanotte alla mamma, al papà e a Silvia. Diede la buonanotte anche a Tonto e si addormentò.

C'è un ospite magico

- Luca, Luca! - chiamò Silvia dal suo letto.

Luca non aprì neppure gli occhi.

- Che vuoi? - rispose mezzo addormentato.

- C'è qualcuno! - sussurrò Silvia.

- Hai sognato. Rimettiti a dormire - le rispose.

I bambini piccoli, lui lo sapeva, confondono sempre i sogni con le cose vere.

Passò qualche minuto.

- Luca! - chiamò di nuovo Silvia. - Ora sono sicura di essere sveglia. C'è qualcuno! Apri gli occhi.

Luca non si preoccupò, ma aprì gli occhi per accontentare Silvia e si guardò intorno nel buio.

- Io non vedo niente.

- Però... C'è qualcuno!

- Sarà Tonto. Tonto, va' via! - disse a voce più alta. - Non puoi dormire qua, lo sai.

In risposta arrivò un miaaaoooooo.

- Hai sentito? - disse alla sorella. - Ora puoi dormire tranquilla.

Luca chiuse gli occhi, ma dopo un minuto sentì di nuovo miiiiiiiiao.

Fece finta di niente. Forse Tonto se ne stava andando.

Passò un altro minuto e sentì miagolare di nuovo. Era un miagolio strano, come se un gatto cantasse invece di miagolare, o una persona miagolasse invece di cantare. Insomma, era un verso più o meno così:

- Mi mi ao, miao, mi ao, mi mi a a o o miao.

Luca aprì gli occhi sorpreso. Tonto non miagolava mica così! Nessun gatto miagola così. Stava sognando anche lui? Si sollevò un poco dal cuscino per guardare meglio. Adesso era sicuro di essere sveglio e di nuovo sentì canticchiare:

- Mi mi ao, miao, mi ao, mi mi a a o o miao, mi mi miao.

All'improvviso, proprio davanti a lui, vide lampeggiare due grandi occhi arancioni e sentì una voce miagolosa che chiedeva:

- Vuoi vedermi?

- Sì, certo. Io non ho paura - rispose Luca.

La mamma e il papà erano nella stanza accanto, perciò non aveva timore che potessero sentire.

- Allora - disse la voce, - devi... accendere la luce.

Luca accese la lampada del comodino e vide in cima all'armadio un gatto. Non era Tonto, però.

Era un grosso gatto bianco, anzi no, era blu. E un po' anche giallo, verde, rosso, con qualche striscia viola.

- Che bello! - esclamò Silvia. - Sei il gatto più bello del mondo.

- Grazie, Silvia - rispose il Gatto. - Mi presento:

Io sono il Gatto Armonico,
forse non proprio tipico,
anzi abbastanza unico,
diciamo un tipo elastico,
cammino a passo cosmico,
se parlo sono magico.

Il Gatto Armonico saltò sulla mensola facendo ondeggiare la coda ritta, poi si sedette e cominciò a leccarsi. Ogni volta che si muoveva, i suoi colori cambiavano.

Se saltava o correva, i colori guizzavano e vorticavano lungo il corpo. Se camminava, i colori scivolavano e si trasformavano, come il cielo quando al tramonto cambia colore.

I due fratelli si misero in piedi sul letto per guardarlo meglio. Anche i baffi sul suo muso erano colorati: ogni baffo era di un colore diverso.

Il Gatto continuava a leccarsi placidamente e anche la sua lingua era variopinta: rossa, verde, gialla…

- Come fai a cambiare colore? - domandò Luca, stupito.

- Miao - rispose il Gatto Armonico. Si alzò, fece una giravolta e i colori della sua pelliccia cambiarono: rosa, arancio, celeste...

- Eccezionale! Io ho una penna con dieci colori. E tu quanti colori hai? - chiese Luca.

- Tutti quelli che esistono e anche alcuni di quelli che non esistono.

- Come fai ad avere i colori che non esistono, se non esistono?

- Ci sono tanti colori che non esistono - spiegò il Gatto Armonico. - C'è il colore della felicità, il colore della pace, il colore dell'amicizia…

- Mi piacerebbe vederli - ammise Luca.

Il Gatto Armonico, con un salto, raggiunse la scrivania e si sedette in cima alla pila di libri.

- Ho girato il mondo molte volte per raccoglierli. Adesso, però, i colori sono tutti in disordine - annunciò il Gatto Armonico.

- Cosa è successo? - chiese Luca. E si mise a sedere sul letto.

- I colori hanno delle regole, come tutte le cose del mondo. Qualcuno forse non le ha rispettate, perciò i colori si sono mischiati. Il grigio della pietra è andato a finire nel cielo, l'azzurro sulla spiaggia, il rosso nel bosco...

- È terribile! - esclamò Silvia.

- Non puoi rimetterli a posto? - domandò Luca.

- Avrei bisogno di aiuto, i colori sono tanti - spiegò il Gatto. - C'è il giallo del grano al mattino, del miele di primavera, dello zolfo nel cuore della terra.

- Posso aiutarti io! - disse Luca con fierezza, alzandosi in piedi.

- Anch'io! - aggiunse Silvia, che seguiva sempre il fratello.

- Miao, sì, è possibile - rispose il Gatto Armonico, pensieroso. - Faremo un'indagine scientifica. Per prima cosa andremo a ispezionare i colori per scoprire che cosa li ha scombussolati. Tu, Luca, puoi portare la penna e il quaderno per prendere nota delle nostre scoperte. Potremmo cominciare... adesso! Vi piace il celeste?

- Sì, sì.

- Cominceremo con il celeste. Mettete il giubbetto e andiamo.

- E la mamma? - chiese Silvia, un po' preoccupata.

- Noi non abbiamo il permesso di uscire per strada da soli - precisò Luca.

- Non dobbiamo uscire, dobbiamo volare.

- I gatti non volano! - obiettò Luca.

Io sono il Gatto Armonico
e volo supersonico,
se non ti sembra logico,
tu pensa che è chimerico.

- E noi come facciamo?

- Lo faccio io - precisò il Gatto. - Non dovete mica mettervi in equilibrio sul davanzale o sciocchezze del genere!

I bambini infilarono il giubbetto sul pigiama.

Il Gatto Armonico si avvicinò e cominciò a fare le fusa e a strusciarsi su di loro, proprio come fanno i gatti.

- Su, accarezzatemi - disse. - Una carezza per la bellezza, una carezza per la magia, prendi la coda, che volo via.

Il Gatto Armonico diventò tutto celeste, dalla punta della coda alla punta dei baffi.

I bambini afferrarono la sua coda e videro ogni cosa diventare celeste: il pavimento e il soffitto, i letti e le sedie, i giocattoli e i libri, tutto celeste come il cielo.

Vicino al cielo non si respira

Nel tempo di un sospiro Luca e Silvia non si ritrovarono più nella loro cameretta, ma su una terrazza. Non era più notte come quando erano andati a letto, ma si trovavano in pieno giorno.

Se fosse il giorno dopo o il giorno prima non lo sapevano.

Luca e Silvia se ne stavano lì, incantati e con la bocca aperta. Non si aspettavano un viaggio così rapido.

- Siamo arrivati - annunciò il Gatto Armonico. - Potete lasciarmi la coda, adesso.

- Oh, scusa. Che viaggio! Davvero supersonico - commentò Luca, un po' scombussolato dall'improvviso cambiamento. - Dove siamo?

- In cima al palazzo più alto della città. Vi piace? - domandò il Gatto.

- Non tanto... - ammise Luca.

Il bambino girò su se stesso per guardare bene tutto intorno. Erano così in alto che si vedeva solo il cielo. Il cielo, però, non era celeste, come avrebbe dovuto essere. Una nebbiolina biancastra lo copriva. Non il bianco delle nuvole e neppure il bianco della neve, non il bianco del latte e neppure il bianco della lana. Era un bianco grigiastro, triste e fuori posto.

- È proprio brutto - commentò Luca.

- E puzza - aggiunse Silvia.

- Avete ragione - disse il Gatto. - Il cielo dovrebbe essere celeste e limpido, e all'orizzonte si dovrebbero vedere le montagne, anche se lontanissime. Invece il cielo è sporco e non si vede niente. Questo si chiama **INQUINAMENTO ATMOSFERICO**.

- Che peccato!

- È proprio brutto questo inquinamento - balbettò Silvia.

- Non dobbiamo scoraggiarci - riprese il Gatto Armonico, - ma indagare per sapere che cosa è successo.

- Come si fa a indagare? - domandò Silvia.

- Facendo delle domande agli abitanti del cielo. Facile no?

Il Gatto Armonico si incamminò deciso verso alcuni uccellini che stavano appollaiati sulla ringhiera.

- Gatto, aspetta... - sussurrò Luca - ...gli uccellini avranno paura di te e voleranno via.

- Di me? Miao miao a a a ao - rise il Gatto.

Il Gatto Armonico continuò ad avvicinarsi e gli uccellini non volarono via. Quando fu accanto a loro li salutò cordialmente.

- Buongiorno, amici.

- Buongiorno a te - cinguettarono gli uccellini.

- Vi presento Luca e Silvia, i miei compagni di viaggio.

- Benvenuti.

- Siamo saliti qui per un'importante indagine scientifica - spiegò il Gatto Armonico. - Vogliamo scoprire cosa è successo al celeste del cielo. Voi cosa potete dirci in proposito?

- Una volta il cielo era celeste, io me lo ricordo bene - rispose un uccellino. - E volare era un piacere: l'aria era piena di tutti i profumi che il vento raccoglieva nella sua corsa. Poi il vento ha incominciato a portare il fumo e il cielo è diventato come lo vedete, sporco e puzzolente.

- Abbiamo tutti la tosse - si lamentò un altro uccellino. - E gli occhi ci bruciano sempre per tutta questa sporcizia che galleggia nell'aria.

- Da dove viene? - domandò il Gatto.

- Il bianco viene dai tubi di scarico delle automobili - precisò un uccellino.

- Le persone prendono sempre l'automobile, anche quando devono fare poca strada e il tempo è bello - aggiunse un altro uccellino. - Perciò il cielo è bianco.

COF
COF

- Le persone usano troppa energia - spiegò un passerotto. - Lasciano accese lampade e apparecchi nelle stanze vuote, alzano troppo la temperatura del riscaldamento, usano troppa acqua calda. In questo modo viene bruciato tanto gas e vengono prodotti tanti veleni che salgono nell'aria e la inquinano.

- Ci avete dato delle informazioni molto interessanti - affermò il Gatto Armonico. - Luca, per favore, scrivi:

Per far tornare il celeste nel cielo dobbiamo risparmiare energia e acqua.

Camminare di più, come si faceva una volta.

Coprirci meglio in casa e abbassare la temperatura del riscaldamento.

Spegnere la luce quando usciamo da una stanza.

Chiudere il rubinetto mentre ci laviamo i denti o la faccia.

Se tutti gli uomini rispetteranno queste regole avranno una grande soddisfazione perché potranno vedere di nuovo il colore del cielo.

Luca scrisse con il colore celeste quello che il Gatto gli aveva dettato, ma aveva un'espressione mesta.

- Speriamo che le persone vi ascoltino! - dissero gli uccellini.

- Vi daremo notizie. A presto! - li salutò il Gatto Armonico.

Gli uccellini volarono via.

Silvia li salutava con la mano, ridendo.

Il fratello, invece, se ne stava con il quaderno in mano e gli occhi bassi.

- Luca, come mai hai la faccia così triste? - domandò il Gatto. - La nostra indagine è andata bene. Perché non sei contento?

- Non credo che sarà così facile convincere le persone a camminare.

- Come mai?

- Alle persone piace andare in automobile - spiegò.

- Ma potranno vedere di nuovo il cielo celeste!

Luca fece un gran sospiro e aggiunse:

- E poi credo che sia anche colpa mia se il

cielo è bianco. A me piace viaggiare in automobile. La mattina perdo tempo, così non ne rimane abbastanza per andare a scuola a piedi come vorrebbe la mamma. E poi lascio la luce accesa in tutte le stanze e anche il televisore, quando non lo guardo. Però non sapevo che con il mio comportamento il cielo sarebbe diventato bianco.

- Miao! Tutti dobbiamo sapere che è anche colpa nostra!

- Da domani andrò a scuola a piedi, spegnerò la luce e non mi lamenterò più - promise Luca. - Non voglio che gli uccellini abbiano la tosse.

- Questa è una buona idea.

- Mio fratello ha sempre delle buone idee - disse Silvia. E abbracciò il fratello, dispiaciuta di vederlo triste.

Luca fu di nuovo contento.

- E adesso quale colore vogliamo cercare? - domandò il Gatto Armonico.

- L'azzurro, mi piace l'azzurro - disse Silvia.

- Va bene. Allora accarezzatemi, perché… una carezza per la bellezza, una carezza per la magia, prendi la coda, che volo via.

I bambini accarezzarono il Gatto Armonico che sotto le loro dita diventò tutto azzurro. Ogni cosa intorno a loro diventò azzurra: il cemento, il ferro, gli uccellini in volo, persino le loro mani, tutto divenne azzurro come l'acqua.

Il fiume porta brutte notizie

Un grande fiume scorreva nella pianura. I bambini e il Gatto Armonico erano già sulla riva. L'acqua passava, gorgogliando tra alberi, arbusti e fiori, però non era azzurra, ma piuttosto giallognola. Qua e là, della schiuma dal colore indefinibile si addensava in qualche anfratto. Dall'acqua bassa emergevano la carcassa arrugginita di una lavatrice, un grande bidone di plastica e altre cose. A nessuno sarebbe mai venuta la voglia di fare il bagno in quel fiume, né di giocare con quell'acqua.

- Siamo arrivati. Ecco il fiume, che... dovrebbe essere di colore azzurro - annunciò il Gatto Armonico.

- Invece... mi sembra giallino - disse Luca.

- Miaoooo. Però non è il giallo del grano, né il giallo del miele, né il giallo dell'oro. E comunque il fiume non dovrebbe essere giallo - spiegò il Gatto.

- Là c'è anche della schiuma sporca, ma di che colore è? - domandò Luca.

- Non perdiamo tempo - suggerì il Gatto. - Andiamo subito a parlare con gli abitanti del fiume.

Scesero tutti e tre verso le acque che scorrevano.

Luca e Silvia si tenevano la mano per non scivolare, mentre il Gatto Armonico saltellava agile fra i cespugli.

- Attenti a non cadere in acqua. Pesci, pesci!... - chiamò il Gatto.

Dopo qualche minuto molti pesci guizzarono vicino alla riva e si affollarono nell'acqua bassa, saltando fuori e rituffandosi dentro. Quando saltavano fuori dall'acqua salutavano:

- Ciao, Gatto, come va?

- Bene, miao, voi come state? Non riesco

quasi a vedervi, l'acqua è così torbida - rispose il Gatto.

- Per noi va male - spiegò un pesce. - Il fiume ormai è malsano, pieno di porcherie.

- Abbiamo tutti i giorni il mal di pancia - si lamentò un altro pesciolino.

- Quando ci incontriamo non possiamo salutarci perché neppure tra noi riusciamo a vederci, tanto l'acqua è torbida.

- Mi dispiace molto per voi - disse il Gatto. - Con i miei amici, Luca e Silvia, stiamo appunto indagando per scoprire cosa ha reso il fiume sporco e giallo. Voi lo sapete?

- Certo. Tante persone gettano i loro rifiuti nell'acqua del fiume senza preoccuparsi di noi - spiegò un pesce.

- Altre persone credono di essere pulite se usano molto sapone per lavarsi e per fare il bucato. Invece tutta quella schiuma arriva qui, sporca l'acqua del fiume e poi anche quella del mare - disse un altro.

- Se le persone usassero meno sapone sarebbero pulite lo stesso e sarebbe pulito anche il fiume - aggiunse un pesciolino.

- Il fiume scorre sempre, ci porta tante brutte notizie. Ad esempio, c'è chi versa nel lavandino l'olio, che quando arriva nel fiume ci fa male - concluse un altro.

- Allora è facile risolvere il problema, miao - suggerì il Gatto Armonico. - **Basta non usare più tanto sapone e non gettare liquidi pericolosi nel lavandino. Il fiume e il mare torneranno azzurri.** Hai scritto tutto, Luca?

- Sì - mormorò Luca con voce triste.

- Abbiamo avuto delle informazioni molto utili. Grazie, amici. Vi promettiamo che faremo del nostro meglio per far tornare il fiume azzurro. Torneremo a trovarvi.

I pesci saltavano fuori e ripetevano:

- Grazie, grazie, arrivederci.

- Ciao, pesciolini - salutò Silvia.

I pesci si erano ormai allontanati e il Gatto Armonico canticchiava contento. Luca, invece, rileggeva in silenzio gli appunti scritti nel quaderno e ad un tratto disse:

- Devo confessarti una cosa, Gatto. La mattina io faccio tanta schiuma per lavarmi. Mi piace giocare con la schiuma, è divertente.

- Miaoooo! - esclamò sorpreso il Gatto Armonico.

- Purtroppo sì. Non sapevo che la schiuma sporca il fiume. Il sapone serve per pulire. Da domani lo userò solo per lavarmi.

- Anch'io - assicurò Silvia, che non si lavava da sola, ma era aiutata dalla mamma.

- Mi sembra un'ottima idea - commentò il Gatto Armonico. - Potrete dirlo pure ai vostri amici. **Spiegare loro che con poco sapone siamo tutti più puliti. Che non bisogna sprecarlo a casaccio.** Così quando verranno qui, il fiume sarà di nuovo azzurro.

- Torniamo a casa, adesso? - chiese Silvia.

- Sei stanca? - domandò il Gatto.

- No. Voglio vedere il giallo, però al posto giusto.

- Questa volta tocca a tuo fratello scegliere il colore.

- Va bene il giallo - rispose Luca.

- Miao. Allora, se siete pronti...

Il Gatto Armonico cominciò a fare le fusa e disse:

Una carezza per la bellezza,
una carezza per la magia,
prendi la coda,
che volo via.

I bambini cominciarono ad accarezzare il Gatto.

Come le altre volte, in un attimo il suo pelo cambiò colore.

Il Gatto Armonico, il cielo, l'erba, i fiori… tutto era di un bel giallo dorato, come la sabbia del mare.

Sulla spiaggia non si può giocare

Era passato un secondo o forse un giorno.

Luca sentì la sabbia sotto i piedi e nelle orecchie il rumore delle onde.

La spiaggia era molto grande. Le onde, tranquille, accarezzavano la sabbia. Non c'era nessuno, oltre ai due fratelli e al Gatto Armonico.

- Vi piace il mare? - domandò il Gatto.

- Sì - rispose Luca, - d'estate ci andiamo spesso. Ma questa spiaggia è proprio brutta.

- È zozza - balbettò Silvia.

La spiaggia, infatti, era cosparsa di spazzatura di ogni tipo. I bambini camminavano piano, scansando bottiglie, lattine, cartacce, confezioni di merendine, cocci di vetro, piatti di plastica, buste e altre cose irriconoscibili. Qua e là c'erano delle pozzanghere di liquido rossastro e schiumoso. Il vento portava dal mare un odore malsano.

- Attenta, Silvia - avvertì il Gatto Armonico.

Silvia si fermò subito. Davanti ai suoi piedi c'era una macchia nera e densa.

- Quella roba nera è catrame - spiegò il Gatto. - Non lo calpestate. Sporca ed è molto difficile toglierlo dai vestiti. E anche dal mio pelo. Miaooo.

Il Gatto Armonico, miagolando per il disagio, saltò oltre il catrame e continuò a camminare a saltelli e scatti per evitare la spazzatura sparpagliata.

- Qui di colori ce ne sono pure troppi. Rosso, blu, verde... Ogni rifiuto ha un colore diverso - notò Luca, mentre guardava in giro con un'espressione disgustata.

- Però non è il rosso dei coralli, né il verde delle alghe - precisò il Gatto Armonico.

- Che cosa è successo alla spiaggia? - domandò Silvia. - Qui non si può giocare con la sabbia.

- Siamo venuti appunto per scoprirlo - replicò il Gatto.

Silvia andò fino al bagnasciuga, attratta dalle onde. L'acqua era torbida e coperta di schiuma.

- Anche il mare è una schifezza - esclamò delusa.

- Stai attenta a non bagnarti i piedi - avvertì Luca premuroso.

- Mi è entrata la sabbia nelle pantofole. È fastidiosa - si lamentò Silvia.

- Aspetta, ti pulisco - disse Luca.

Tolse le pantofole alla sorella, fece cadere la sabbia e le pulì i piedini col fazzoletto.

- Adesso sei pulita.

Silvia si calmò, abbracciò il fratello e gli diede un bacio.

- Andiamo - intervenne il Gatto, - là c'è chi può aiutarci.

Sul mare volteggiavano i gabbiani. Quando questi passarono sulle loro teste, il Gatto Armonico li chiamò e i gabbiani si posarono. Il Gatto spiegò loro il motivo del viaggio.

- È una sventura - spiegò un gabbiano. - Le persone buttano le cose dove capita. Vengono in spiaggia e lasciano qui la spazzatura quando se ne vanno. Oppure la gettano in mare e le onde la spingono a riva.

- Il catrame arriva dalle navi - aggiunse un altro gabbiano.

- Prima, sulla spiaggia c'erano solo le conchiglie e i sassi levigati dalle onde - intervenne nel discorso un granchio. - Ora c'è tanta roba strana che arriva da chissà dove.

- I delfini, poi, ci raccontano che anche nel mare c'è tanta schiuma mescolata a spazzatura - continuò il gabbiano. - Capita spesso che qualcuno di loro mangi per sbaglio una busta di plastica e poi gli venga il mal di pancia, o, peggio, muoia soffocato. Noi non possiamo fare niente, solo sopportare e sperare che le persone si rendano conto dei danni che stanno causando con la loro superficialità.

- Sono sicuro - disse il Gatto, - che quando gli uomini conosceranno quello che abbiamo visto cambieranno il loro comportamento. **Non dobbiamo buttare bottiglie, lattine, cartacce dove capita, ma metterle negli appositi bidoni. Così non sporcheranno la spiaggia, saranno riciclate e diventeranno altri oggetti utili.**

Luca scrisse con molta attenzione e rimase pensieroso a rileggere. Poi disse:

- Ho le idee confuse. Ho capito che non bisogna lasciare la spazzatura sulla spiaggia. Quando ci sono venuto, la scorsa estate, credo di averlo fatto, ma c'erano i bagnini che pulivano. Qualche volta mi è capitato di buttare delle cartacce o altri rifiuti sulla strada. Come hanno fatto ad arrivare qua?

- Forse sono andate a sporcare un altro posto - rispose il Gatto. - **È importante non prendere l'abitudine di sporcare pensando che qualcuno pulirà. Bisogna invece abituarsi a gettare ogni cosa nel bidone giusto. Per rispettare l'ambiente e le persone che passeranno dopo in quel posto.**

- Sì, adesso ho capito. Starò più attento.

- E se si mangia fuori casa sarebbe molto meglio - riprese il Gatto - non usare i bicchieri di plastica, ma portare sempre con sé il proprio bicchiere, i piatti e le posate.

- Ma è una scocciatura! - protestò Luca.

- Miao. È un modo per voler bene alla Terra. Con una piccola attenzione oggi, si può avere un grande vantaggio domani.

La terra è tonda come una palla,
tra valli e monti si può giocare.
La terra è buona come una frittella,
con i suoi frutti ci fa mangiare.

La terra come una mamma è bella,
protegge e perdona la marachella.
Se la terra è florida e felice,
ogni uomo è libero e felice.

Luca e Silvia si misero a ridere e si sedettero per togliersi di nuovo la sabbia dalle pantofole. Il Gatto Armonico prese a lavarsi con molta cura le zampe e il pelo.

- Tocca a Luca scegliere il prossimo colore - disse il Gatto.

Il bambino restò a pensarci un poco, guardò la sua penna dai dieci colori e disse:

- Verde. È un colore importante.

- Certo. C'è il verde dei piselli, il verde degli smeraldi, il verde... degli occhi dei gatti! Siete pronti? - chiese il Gatto Armonico.

- Sì.

- Una carezza per la bellezza, una carezza per la magia, prendi la coda, che volo via.

Il Gatto Armonico si strusciò sulle gambe dei bambini: gli occhi diventarono verdi, poi anche le orecchie, le zampe e il corpo.

Luca afferrò la coda del Gatto e la mano di Silvia. In un attimo la sabbia diventò verde e pure l'acqua del mare, il cielo diventò verde, ogni cosa diventò verde, verde, come i prati e le fronde degli alberi.

Il bosco è malato di tristezza

I tre viaggiatori arrivarono in un bosco. Sotto i loro piedi c'era la terra con qualche ciuffo d'erba, sopra le loro teste spiccavano le fronde di alti alberi. Ma di colore verde ce n'era poco. L'erba era gialla e secca. Le fronde degli alberi erano scure, le foglie macchiate di marrone, come se avessero il morbillo, gli arbusti spogli, senza foglie.

Dappertutto c'erano bottiglie, buste di plastica, rifiuti di ogni tipo. Tra l'erba c'era persino un mucchio di calcinacci e ai piedi di un albero, una pila di pneumatici bruciati.

Però qui non si vedeva nessuno, né uccelli, né altri animali.

Luca e Silvia guardavano in giro, tenendosi per mano, timorosi.

Si erano abituati ad arrivare in posti brutti, ma quel bosco era il più brutto di tutti.

- Gli alberi sono strani - disse Luca.

- Credo che siano malati - rispose il Gatto Armonico.

- Hanno il raffreddore? - volle sapere Silvia.

- Le piante non prendono il raffreddore, ma hanno anch'esse le loro malattie - spiegò il Gatto.

- Non c'è neppure un uccellino - disse Luca. - A chi possiamo chiedere notizie?

- Agli alberi, ovviamente.

Con voce forte, per farsi sentire in alto, il Gatto disse:

- Buongiorno, signori alberi.

Non arrivò nessuna risposta. Era proprio un luogo desolato. Il Gatto andò più avanti, drizzando le orecchie, girandole di qua e di là per cogliere il più piccolo fruscio.

- Non te ne andare - disse Luca al Gatto. - Questo posto fa paura. Stammi vicina, Silvia.

Luca abbracciò la sorella per proteggerla.

- Forse sono sordi - suggerì Silvia.

Il Gatto allora saltò sul ramo di un albero e ripeté il saluto gridando:

- Buongiorno, signori alberi.

- Sei sicuro di poter parlare con gli alberi? - domandò Luca, dubbioso.

- Come fanno a parlare se non hanno la bocca? - chiese Silvia.

All'improvviso si sentì un lungo sbadiglio.

- Aaaaah... Chi chiama?

- Scusami se ti ho disturbato. Sono io, il Gatto Armonico, in compagnia di due buoni amici, Silvia e Luca.

- Oh, sì, ciao a tutti - rispose l'albero con una voce flebile e assonnata. - Stavo dormendo.

- Miao. Non ti avrei svegliato, ma si tratta di una cosa importante - disse il Gatto.

- Non ti preoccupare - rispose l'albero. - Mi fa piacere vedere qualcuno. In questo periodo dormo tanto, sono sempre stanco.

- Sei malato? - domandò Silvia.

- Aaah - sospirò l'albero. - Chissà... Forse stiamo diventando tutti vecchi. Le mie foglie sono mezze secche e cadono. Sento nel tronco una grande debolezza. Ho quasi voglia di buttarmi a terra e riposare.

- No, albero, non devi farlo - protestò Luca.

- Una volta su di me c'erano tanti uccelli - sussurrò un altro albero - ma ormai se ne sono andati. Mi sento solo...

- Guarda i miei ramoscelli - disse un cespuglio. - Non ci sono germogli verdi. Non hanno più voglia di nascere. Anch'io ho tanto sonno.

- Una volta sbocciavano da me degli allegri fiori gialli - mormorò una pianticella con una vocina flebile. - Credo che alla prossima primavera non spunteranno. Mi sento così fiacca. Non ho la forza di farli fiorire.

Dagli alberi e dalle piante intorno a loro arrivavano altri sospiri.

- Cosa vi è successo? Cosa ha portato via il verde? - domandò il Gatto Armonico.

- È il veleno - spiegò l'albero. - Noi prendiamo il nutrimento dalla terra con le radici. Ma la terra è avvelenata.

- Gli uomini non ci badano - aggiunse la pianticella. - Buttano insieme agli altri rifiuti le pile scariche e le medicine scadute, le vernici e l'olio dei motori. Quelle cose contengono delle sostanze pericolose per noi e per gli animali. Basta poco per avvelenare la terra...

- E quando la terra è avvelenata noi non possiamo vivere - aggiunse l'arbusto.

- Anche dal cielo arrivano veleni con la pioggia - continuò l'albero. - L'acqua del mare è inquinata. Evapora, sale in cielo, forma le nuvole e cade in pioggia, inquinata proprio come quella del mare. Gli uomini la chiamano "pioggia acida".

- Fatevi coraggio - disse Luca fra le lacrime. - Non perdete la speranza. Noi racconteremo a tutti quello che vi sta capitando. Gli uomini cambieranno...

- Certo! - aggiunse il Gatto. - Diremo loro di non gettare più le pile scariche nella spazzatura ma nei contenitori appositi. Scrivi, Luca: **non dobbiamo buttare le cose nocive dove capita.** Se non sappiamo dove metterle, dobbiamo informarci.

- Anch'io l'ho fatto - confessò Luca, continuando a piangere. - Mi dispiace tanto. Le pile sono così piccole, le ho buttate nel secchio della spazzatura. Non credevo facessero tanto male alla terra...

Pure Silvia, vedendo il fratello che piangeva, cominciò a lacrimare e a singhiozzare triste, anche se non ne aveva ancora ben capito il motivo.

- Bambini cari, non piangete - li consolò l'albero. E con le foglie più basse asciugava loro le lacrime.

- Non piangete, non piangete - si sentiva ripetere intorno.

- Vi prometto che non lo farò più e avvertirò tutti gli amici. Dirò loro di pensare a voi ogni volta che gettano via qualcosa - singhiozzò Luca.

- Grazie - sussurrò la pianticella. - Noi penseremo a te, e quando sarà primavera faremo sbocciare fiori e spuntare foglie nuove!

- Grazie, amico - si sentiva ripetere dai rami più alti e dalle erbette più piccole.

Luca, rincuorato, si asciugò le lacrime con il dorso della mano e, con il lembo della felpa, asciugò quelle di Silvia. Prese il quaderno e con il colore verde scrisse quello che gli alberi avevano detto, e fece pure un elenco di tutto quello che non bisogna buttare nel secchio della spazzatura.

- Abbiamo finito? - domandò Silvia.

- Sì, cara - rispose il Gatto.

- Ci riusciremo, vero?... - intervenne Luca, preoccupato. - Le piante guariranno...?

- Ci vorrà un po' di tempo - rispose il Gatto. - Quando il veleno entra nella terra non va via in breve tempo.

- Ma alla fine andrà via e il verde tornerà?...

- Sì, se gli uomini cambieranno le loro abitudini! E anche tu dovrai cambiare, vero?

- Sì - disse serio Luca. - Non lo dimenticherò mai.

- E tu, Silvia?

- Neanche io lo dimenticherò. Ho capito, anche se sono piccola. Getterò sempre i rifiuti nel posto giusto.

- Brava, Silvia.

- Una cosa, però, non l'ho capita. Come fanno a parlare gli alberi se non hanno la bocca?

- Miao aa a ao, miao aao - rise il Gatto Armonico e cantò:

I bambini hanno la bocca
tonda come un'albicocca,
hanno due orecchie per udire,
un grande cuore per sentire.
Senza bocca si può parlare
quando il cuore sa ascoltare.

Allora anche i bambini risero e dimenticarono le lacrime. Dall'alto sentirono leggeri fruscii, come risate sommesse.

- Ho fame - disse Silvia. - Quando facciamo colazione?

- Anche tu hai fame? - chiese il Gatto a Luca.

- Sì, un poco.

- Poverini! - esclamò un arbusto spinoso. - Da me, una volta, crescevano delle buonissime more. Ai bambini piacevano tanto e io ero felice quando li vedevo mangiare. Ve le offrirei volentieri, ma non ne ho neppure una.

- Grazie lo stesso.

- Questa volta tocca a me scegliere il colore - annunciò il Gatto Armonico. - Andremo in un posto dove sicuramente troveremo una buona colazione. Siete pronti?

- Sì. Ciao, albero, ciao. Ci vedremo presto.

- Certo! Quando avremo di nuovo foglie verdi, fiori e frutti! - risposero le piante.

I bambini continuarono a salutare con la mano. A loro dispiaceva lasciare il bosco in condizioni così tristi. Però dovevano tornare se volevano raccontare agli amici cosa avevano visto e imparato.

- Ora non vi spaventate - disse il Gatto.

Si piantò sulle quattro zampe, inarcò la schiena, drizzò la coda, arruffò il pelo e diventò completamente nero.

- Oh, Gatto, che ti capita? Sei arrabbiato?

- Miao, no di certo, ma adesso... una carezza per la bellezza, una carezza per la magia, prendi la coda, che volo via.

- Quanto sei spettinato!

I bambini, invece di accarezzarlo, affondavano le dita nella pelliccia arruffata e la scompigliavano ancora di più.

Era molto divertente per loro, ma non per il Gatto.

- Non fatemi il contropelo, miaooo, soffro il solletico - protestò.

Luca e Silvia, allora, si presero per mano e lo accarezzarono. Il Gatto Armonico cominciò a fare le fusa e in un momento il bosco diventò nero come la notte.

Uno fa rumore per cento

- Dove siamo? Non vedo niente - si lamentò Luca.

- Niente paura - disse il Gatto Armonico. - Questo è un posto bellissimo e… buonissimo. Devo solo…

- Dove sei, Gatto?

- Non vi muovete. Ecco fatto.

Si accese una luce. I bambini si trovavano in una bellissima cucina. Al centro c'era un tavolo coperto da una tovaglia bianca. Vicino alla parete c'era una credenza con gli sportelli di vetro. Dentro c'erano tanti vasetti e scatole. Si sentiva un profumo di cose buone, di pane caldo e torta di mele.

Il Gatto saltò su una sedia a dondolo, vicino alla finestra. Era ancora tutto nero e arruffato. Fuori era buio.

- Ma dove siamo? - ripeté Luca.
- A casa di una nonna.
- Come è bella! - esclamò Silvia.
- E la nostra ricerca? È già finita? - chiese Luca, perplesso.
- Questa casa è bella, però a volte anche qui i colori vanno sottosopra.
- Adesso è tutto in ordine - fece notare Luca, guardando in giro.
- Adesso sì... - ammise il Gatto.
- La nonna dov'è?
- Credo stia ancora dormendo. Si sveglierà fra poco. Le nonne di solito si svegliano presto.

Proprio allora si accese una luce nel corridoio e si sentirono dei passettini leggeri che si avvicinavano lentamente. Ed ecco, entrò la nonna. Era proprio una nonna in piena regola: aveva i capelli bianchi, una camicia da notte lunga e bianca, uno scialle bianco sulle spalle.

La nonna si fermò sulla soglia della cucina, si strinse le mani al petto ed esclamò:

- Oooh! Che bella sorpresa!

- Ciao, nonna! - la salutò con familiarità il Gatto, che subito saltò a terra e andò a strusciarsi contro le sue gambe.

- Piano, piano, mi fai cadere - diceva la nonna ridendo. - Chi sono questi due bambini?

- Ti presento Silvia e Luca.

La nonna tese la mano a entrambi per salutarli.

- Mi fa molto piacere conoscervi.

- So che a te fa sempre piacere ricevere visite - aggiunse il Gatto.

- Ma certo - affermò la nonna, allegra. - Sedetevi. Posso offrirvi qualcosa da mangiare e da bere?

- Veramente ci speravamo proprio - confessò il Gatto Armonico.

- Faccio subito.

I bambini si sedettero al tavolo e il Gatto si accucciò su uno sgabello. La nonna andò al frigorifero, prese il latte e lo versò nelle tazze.

Dalla credenza prese una scatola di latta e dei vasetti, e li aprì.

- Spero che vi piacciano. I biscotti li faccio io per i miei nipotini. Sono semplici, come quelli di una volta. Faccio anche la marmellata. Questa rossa è di fragole, questa gialla è di pesche, questa viola è di prugne.

La nonna spalmò un po' di marmellata sui biscotti e li diede ai bambini. Anche al Gatto diede biscotti e latte in un piattino.

Per qualche minuto tutti mangiarono in silenzio.

- Che buoni! - disse Luca.

- Buonissimi! - aggiunse Silvia.

- Miaaao! - esclamò il Gatto Armonico.

- Grazie. Siete proprio affamati!

- Sì, abbiamo fatto un viaggio lunghissimo - spiegò Luca con entusiasmo. - Siamo stati in tanti posti. Il Gatto Armonico ci ha portati in giro per il mondo a ispezionare i colori. Ci credi, nonna?

- Certo. Conosco bene il Gatto. So di che cosa è capace.

- Abbiamo visto il cielo, il fiume, la spiaggia e il bosco - continuò Luca. - È tutto in disordine, sai. Nessun colore è al suo posto. Il cielo è bianco, il fiume è giallo, la spiaggia verde di bottiglie e rossa di cartacce, il bosco è nero di pneumatici e grigio di calce. Gli uccellini hanno la tosse, i pesci il mal di pancia e gli alberi sono troppo stanchi per germogliare. La tua cucina, invece, è ordinata, bianca e profumata.

- Si sta bene, adesso. Però non sempre è così - rivelò la nonna.

- No? Cosa succede?

La nonna si sedette sulla sedia a dondolo e il Gatto Armonico le saltò subito sulle ginocchia, si acciambellò e si mise a fare le fusa. La nonna cominciò a raccontare:

- Tutti i giorni, nel primo pomeriggio, subito dopo il pranzo, mi piace sedere qui con il Gatto che ronfa in grembo e...

- Allora il Gatto è tuo? - domandò Luca sorpreso.

- Il Gatto Armonico e io viviamo insieme da molti anni. Dicevo che mi piacerebbe stare qui tranquilla a fare un po' di riposino digestivo, perché ormai sono vecchia. Chiudo gli occhi e tutto diventa bianco, placido.

Proprio allora dal piano di sopra comincia il *bum bum,* io lo chiamo così. Sento battere e pestare, picchiare e martellare, cose che cadono e rotolano, tante voci, urla e musiche. Resto ad ascoltare incuriosita. Cerco di immaginare cosa provoca tutti quei rumori e faccio tante ipotesi. Così mi viene il mal di testa. Davanti ai miei occhi cominciano a ondeggiare macchie nere e rosse, e non dormo più.

Luca guardava la nonna a bocca aperta, senza addentare il biscotto che aveva in mano.

La nonna continuò:

- Ho chiesto al Gatto di indagare. Sono curiosa di sapere come si fa a provocare tutti quei rumori e quanti sono a farli...

Nessuno parlava, adesso.

Luca non osava muoversi. Aveva un forte sospetto. Guardò attraverso la finestra e vide la stessa strada che vedeva da casa sua.

- Il Gatto, però - continuò la nonna, - non mi ha ancora detto niente...

Ci fu di nuovo il silenzio.

Finalmente Luca si alzò in piedi e disse:

- Gatto, sono io che abito al piano di sopra, vero?

- Sì, Luca.

- Allora sono io che faccio tutti quei rumori, vero?

- Proprio così.

- Oh, guarda! E pensare che ero convinta che fossero chissà quante persone! - disse la nonna, sorpresa. - Ma, dimmi: come ci riesci? A volte sembrano colpi di martello sul pavimento, ma le mattonelle sarebbero tutte rotte. Altre volte sembra che passi di corsa un carro, di quelli coi cavalli e le grandi ruote, ma in una casa non è possibile portarlo.

- Io... gioco - rispose Luca. - Accendo il televisore a volume un po' alto, altrimenti dalle altre stanze non lo sento, e poi corro, e gioco con i mostri, li butto a terra...

- E sei solo tu? - domandò la nonna.

- Solo io - confessò Luca. - Sì, anche Silvia, però lei è piccola, non fa tanto rumore. Qualche volta vengono Paolo e Gianni, i miei compagni di classe. Altre volte viene mio cugino Luigi, ma non tanto spesso, perché abita lontano.

- Papà dice sempre che Luca è un *rumorone* - disse Silvia.

- No, dice che sono *rumoroso* - precisò Luca.

- Incredibile - commentò la nonna. - Un bambino da solo... capace di fare tanto rumore. Ora che lo so proverò a dormire. Grazie di avere soddisfatto la mia curiosità.

- Oh no, nonna, ti prometto che non lo farò più - disse Luca eccitato. - La mamma mi dice sempre che dovrei fare una cosa per volta: prima i compiti, poi vedere la televisione e poi giocare. Dopo pranzo farò i compiti, così starò seduto in silenzio, e tu potrai dormire. Quando ti sveglierai io giocherò.

- È davvero un bel proposito. Ti ringrazio, Luca.

La nonna gli tese le braccia e, quando Luca si fu avvicinato, gli diede un bacio sulla fronte. Poi aggiunse:

- Anche tu sei capace di grandi cose.

- Spero di sì - replicò Luca. - Devo raccontare ai compagni quello che ho visto e avvisarli di non gettare i rifiuti dove capita, senza preoccuparsi delle conseguenze. Ho scritto tutto. Adesso aggiungo che non bisogna fare troppo rumore.

- Il rumore non si vede, eppure è nocivo: sporca i pensieri, inquina come se fosse fumo nero. Si chiama **INQUINAMENTO ACUSTICO** - aggiunse il Gatto. Adesso non era più nero e arruffato, ma bianco bianco. Solo la punta delle orecchie era rosa.

Luca si sedette di nuovo al tavolo e scrisse sul quaderno con la penna nera la nuova informazione: **ATTENTI AL RUMORE**.

- Si sta facendo giorno - disse la nonna. - Dovete tornare a casa e prepararvi per la scuola.

- Ce li porto in un attimo - assicurò il Gatto Armonico.

- Aspettate! - aggiunse la nonna.

Prese da un cassetto due tovaglioli candidi e mise in ogni tovagliolo un'abbondante manciata di biscotti. Poi chiuse ogni tovagliolo annodando fra loro i quattro angoli. Ne diede uno a Silvia e uno a Luca.

- Prendete. E tornate a trovarmi presto.

- Grazie, nonna.

Il Gatto Armonico rizzò la coda in alto e facendo le fusa cominciò a strusciarsi sulle gambe dei bambini.

Luca e Silvia lo accarezzavano e a ogni carezza nuovi colori comparivano sul suo pelo. Come al solito, il Gatto disse:

- Una carezza per la bellezza, una carezza per la magia, prendi la coda, che volo via.

I bambini afferrarono la coda e intorno a loro vorticarono tutti i colori del mondo.

Sogno o realtà?

Luca si svegliò alla voce della mamma.

- È ora di alzarvi! Forza o faremo tardi pure oggi...

Luca rimase seduto in mezzo al letto girando lo sguardo per la camera come se non l'avesse vista mai. Guardava la scrivania e i libri, i giocattoli che traboccavano dal cesto e i mostri sparpagliati sul tappeto. Guardava le bambole e i pupazzi di Silvia, i vestiti puliti che la mamma aveva preso dall'armadio e appoggiato sulla sedia, come ogni mattina.

- Ho fatto un sogno strano, stanotte - disse alla sorella. - Un sogno molto strano.

Silvia si rigirò nel letto, mugolando assonnata.

- Mi ascolti? - ripeté Luca. - C'era un gatto

che ci ha portati a fare un viaggio. Volava e parlava...

- ...Ed era di tutti i colori - aggiunse Silvia.

- Tu come lo sai? - chiese Luca, molto stupito.

- Ho fatto anch'io lo stesso sogno.

- Non è possibile!

- Sì.

- No.

- Sì.

- No.

- Sì, era il Gatto Armonico - dichiarò Silvia. - Ci ha portati in cielo, nel bosco e dalla nonna.

Luca rimase senza parole per la sorpresa. Poi disse:

- Ho parlato nel sonno, è per questo che lo sai.

- No, c'ero anch'io.

- Dimostralo!

- Bambini, non litigate! - disse la mamma dalla cucina.

- Allora - sussurrò Luca, - che cosa ho sognato?

- Abbiamo parlato agli uccelli, ai gabbiani e agli alberi. Tu hai pianto quando gli alberi hanno detto di essere avvelenati. Anch'io ho pianto. Poi la nonna ci ha dato i biscotti.

- Questa è davvero una cosa incredibile. Non sapevo che due persone potessero fare lo stesso sogno.

- Un sogno bello.

- Forse è successo perché ci vogliamo bene - disse Luca pensieroso.

- Io ti voglio tanto bene - aggiunse Silvia.

Si sentì di nuovo la voce della mamma.

- Piccoli, state ancora litigando?

- No, mamma. Adesso veniamo - rispose Luca.

- Le cose dei sogni possono diventare vere? - domandò Silvia mentre scendeva dal letto.

- Non credo proprio - rispose Luca. Ma era perplesso.

- Si possono portare nella realtà? - continuò Silvia.

- No, non si può.

- Io però l'ho fatto - dichiarò Silvia con aria soddisfatta.

- Cosa vuoi dire?

Silvia tolse dalle tasche del pigiama delle cose e le mise sul tappeto.

- Guarda. Questa piuma l'ho raccolta sulla terrazza: è caduta a un uccellino. Questa pietra bianca l'ho presa in riva al fiume; questa conchiglia dalla spiaggia; questa foglia l'ho raccolta nel bosco.

Luca prese quegli oggetti uno per uno, li osservò da tutte le parti, poi esclamò:

- Mi vuoi prendere in giro. Li avevi già da prima.

- Li ho presi nel sogno.

- No.

- Sì.

- No.

- Sì.

- Va bene, come dici tu - concluse Luca.

"I bambini piccoli sono testardi" pensò, "ogni tanto è meglio accontentarli."

- Non mi credi - si lamentò Silvia con aria offesa.

- Dobbiamo andare a scuola.

Luca si avviò verso il bagno.

- E i biscotti? - aggiunse Silvia.

- Quali biscotti?

- I biscotti della nonna. Eccoli.

Silvia mostrò a Luca il fagottino che aveva dato loro la nonna. Era proprio lo stesso tovagliolo, con i quattro angoli legati stretti fra loro.

Luca tornò indietro. Andò al suo letto e sollevò le coperte. Tra le lenzuola c'era il fagottino con i biscotti, il quaderno e la penna a dieci colori. Prese il quaderno e rimase a guardarlo senza avere il coraggio di aprirlo.

- Bambini, quante volte ve lo devo dire? È tardi! - li rimproverò la mamma affacciandosi alla porta.

- Scusa, mamma. Veniamo subito.

Corsero in bagno a lavarsi. Luca aveva fretta, ma si ricordò di non lasciar scorrere l'acqua inutilmente e di non giocare con la schiuma.

Mentre faceva colazione continuava a pensare allo strano sogno. Si vestì alla svelta e disse alla mamma:

- Siamo pronti. C'è abbastanza tempo per andare a scuola a piedi?

- Sì, abbiamo tempo, ma... cosa avete stamattina?

- Niente. Ti vogliamo bene come tutti i giorni.

Luca andò a scuola a piedi e non si stancò di camminare. Avrebbe potuto approfittare della passeggiata per guardarsi intorno, ma era pensieroso e guardò quasi sempre per terra.

A scuola continuò a pensare al Gatto Armonico e al quaderno, ma non ebbe tempo di aprirlo. Doveva seguire la lezione.

A volte, però, si distraeva e non rispondeva alla maestra o ai compagni.

Quando giunse l'ora dell'intervallo, prese il quaderno e corse in fondo al corridoio.

Finalmente lo aprì e sussultò per la sorpresa. Nel quaderno lesse tutte le informazioni che aveva annotato durante il viaggio: non riusciva a crederci. Eppure i fogli erano davanti ai suoi occhi, scritti ciascuno con un colore diverso.

"Allora non è stato un sogno" pensò.

Quando mangiò la merenda fu attento a gettare buste e lattine nei contenitori giusti. Però non disse ai suoi amici di imitarlo.

Appena fu tornato a casa, chiamò Silvia nella loro cameretta e le disse:

- Non è stato un sogno. Nel mio quaderno c'è scritto tutto quello che ci ha detto il Gatto Armonico.

- Lo sapevo, lo sapevo - gridò Silvia saltellando per la gioia.

- Non saltare così. Forse la nonna sta già facendo il suo riposino.

- Tornerà il Gatto?

- Non lo so.

- Diremo a tutti quello che abbiamo visto?

- Non lo so.

- Lo abbiamo promesso.

- Hai buttato ogni rifiuto nel contenitore giusto? - domandò Luca.

- Credo di sì. Ma dobbiamo dirlo a tutti.

- È difficile.

- Perché? - chiese Silvia.

- Non ci staranno a sentire. I compagni ci prenderanno in giro.

- Allora che facciamo?

- Ci devo pensare.

Luca continuò a pensarci. Fece i compiti. Non accese il televisore e non giocò con la palla e con i mostri. Rimase per il resto del pomeriggio seduto nella sua camera, in silenzio. Era molto, molto pensieroso.

Silvia si mise sulla sua seggiolina e raccontò alle bambole lo strano viaggio. Lo fece, però, a bassa voce per non disturbare il fratello.

La mamma, stupita per quell'insolito silenzio, andò in camera a informarsi.

- Luca, ti senti poco bene? Hai la febbre?

- No, mamma.
- È successo qualcosa a scuola?
- No, mamma.
- Siete così strani, oggi.

Luca stava pensando ai luoghi che aveva visitato, alle situazioni che aveva conosciuto, alle difficoltà degli uccelli, dei pesci, degli alberi. Aveva promesso di spiegare agli amici cosa era giusto fare per non inquinare il mondo. Adesso non si sentiva più tanto capace di farlo perché aveva paura di essere deriso dai compagni: lo avrebbero giudicato un saputello, uno che voleva insegnare loro a comportarsi bene. Forse non avrebbero più giocato con lui.

Anche il padre, quando tornò dal lavoro, fu sorpreso di trovare i bambini così silenziosi e domandò al figlio:

- C'è qualcosa che non va?
- Non lo so... - rispose Luca.
- Puoi dirmi qualsiasi cosa, lo sai.

Il padre lo abbracciò, poi abbracciò anche Silvia.

Luca si mise a letto e la mamma gli diede il bacio della buona notte, poi chiuse gli occhi, ma non si addormentò. Sotto il cuscino aveva infilato il quaderno e la penna a dieci a colori. Continuò a pensare per tanto tempo.

Finalmente cadde nel sonno.

Un Mostro avanza sulla città

- Mi mi mi mi miao, miao, miao, maiooo, mimi miao, miaoooo.

- Gatto! - esclamò Luca saltando dal letto.

- Buonanotte e buongiorno - salutò il Gatto Armonico.

Stava in cima all'armadio, con il pelo variopinto, come durante il loro primo incontro.

- Sei tornato...

- Non ti abbiamo sognato, vero? - domandò Silvia, ancora assonnata.

- Forse sono io che ho sognato voi.

- La nonna sta bene? - si informò Luca.

- Sì. Però abbiamo bisogno di aiuto.

- Aiuto? È successo qualcosa?

- Sta succedendo proprio adesso - disse il Gatto Armonico.

- Allora noi ti aiuteremo - promise Luca.

- Sarete coraggiosi?

- Io lo sarò.

- Anch'io - aggiunse Silvia.

- Insieme ci riusciremo. Basta... una carezza per la bellezza, una carezza per la magia, prendi la coda, che volo via...

I bambini accarezzarono il Gatto, gli acchiapparono la coda e in un attimo ogni cosa divenne variopinta come lui. E, in un vortice di colori, nel tempo di un respiro, si trovarono in cima a una collinetta.

Questa volta c'era anche la nonna. Non indossava la camicia da notte, ma un bel vestito a fiori. I bambini corsero ad abbracciarla, sorpresi e felici di rivederla così presto.

- Nonna, nonna!

- Siete venuti, cari. Grazie - disse, e li baciò. - Sono tanto preoccupata.

- Noi ti aiuteremo - assicurò Silvia, seria.

ALL'IMPROVVISO...

- Che cosa succede? - domandò Luca.

Il Gatto Armonico diventò nero, si accucciò come quando i gatti puntano la preda e mugugnò:

- È là, guardate.

La nonna strinse a sé Silvia, come per proteggerla, e con la mano indicò l'orizzonte.

- Non aver paura, tesoro mio.

I bambini videro lontano un'ombra che ondeggiava, come se una macchia d'inchiostro nero fosse caduta sul paesaggio.

- Che cos'è? - domandò Luca.

- Il Mostro Caotico.

- Non sembra un mostro - obiettò Luca pensando ai suoi mostri giocattolo.

- È ancora lontano, ma si avvicina e cresce - spiegò il Gatto. - Assorbe la spazzatura e i cattivi pensieri che trova sulla sua strada. È molto pericoloso... Dove arriva porta la sporcizia, il caos e la cattiveria. Il mondo diventa sporco e triste.

- Noi cosa possiamo fare? - domandò Luca.

- Combatterlo e sconfiggerlo!

- Tu puoi riuscirci, Gatto. Tu sei magico.

- Ma sono solo un gatto, e la nonna è anziana. Quindi tocca a voi! Voi potete trovare il modo di sconfiggere il Mostro Caotico con la vostra gioventù e fantasia, i vostri pensieri più belli, felici e armoniosi!

Luca rimase per un po' a guardare, pensieroso. Quel Mostro, visto da lontano, non gli sembrava tanto minaccioso.

- Forse non arriverà mai fin qui - disse. - Potrebbe cambiare strada.

- E andare a fare danni in un altro luogo... Sarebbe la stessa cosa, perché il mondo è uno - rispose il Gatto.

- Però adesso è lontano e qui è tutto in ordine. Forse non succederà niente.

- Non possiamo restare ad aspettare. E non possiamo costruire un muro per tenere fuori casa l'inquinamento.

- Io sono vecchia - intervenne la nonna - e ne ho viste di cose. Credo che, se non facciamo qualcosa per fermarlo, prima o poi arriverà!

- Perché dobbiamo occuparcene proprio noi?

- Perché noi lo abbiamo visto e abbiamo la possibilità di agire - continuò la nonna. - Questo si chiama responsabilità.

- L'aria, l'acqua, la terra sono di tutti, perciò è giusto occuparcene tutti - affermò il Gatto.

Luca rimase in silenzio ad osservare. Sì, in realtà aveva paura del Mostro Caotico. Era una cosa sconosciuta e inaspettata. Avrebbe voluto tornare a casa e dimenticarlo. Avrebbe voluto che scomparisse per magia.

Il Mostro Caotico si avvicinava. Adesso si riuscivano a distinguere le sue fattezze. Era davvero gigantesco e ributtante. Una piccola testa, che pareva fatta di un grumo di pneumatici bruciati, stava sbilenca sul corpo massiccio e sformato, tutto bitorzoli e buchi.

Il corpo era un inverosimile groviglio di rifiuti e emanava un fumo denso e scuro. Da un fianco spuntava un solo braccio monco, lungo e magro come un verme, da cui colava una poltiglia scura.

Il Mostro camminava di sghembo, zoppicando su due gambe grosse, storte e rigide, di altezza diversa. Per di più… lasciava dietro di sé una lunga scia puzzolente e rivoltante che si diffondeva tutt'intorno.

Silvia scoppiò a piangere e nascose la testa tra le braccia della nonna.

- È troppo brutto, nonna, ho paura.

- Calmati, tesoro. Ci sono io, non ti lascio.

- È grande - esclamò Luca, allarmato. - Noi siamo bambini e dobbiamo chiamare gli adulti.

- Gli adulti hanno i loro sistemi, i bambini i loro - rispose il Gatto. - Tutti devono darsi da fare.

- Ma come possiamo fermarlo?

- Non ti scoraggiare. Il Mostro inquina anche i pensieri. Ci fa credere che le cose non possono cambiare. Tu invece pensa a come vorresti che fosse il mondo - gli suggerì il Gatto.

Luca fissava il Mostro, come ipnotizzato, con le lacrime agli occhi e i pugni stretti. Aveva fiducia nel Gatto Armonico, ma si sentiva impotente. Pensava, pensava... Tanti pensieri spezzettati correvano qua e là nel suo cervello, spaventati come lui.

Il Mostro Caotico continuava ad avanzare

e sembrava che nulla potesse fermarlo.

Tutti gli animali del bosco scappavano terrorizzati. Gli alberi, i cespugli e i fiori, che non potevano scappare, perdevano le foglie e appassivano al suo passaggio.

Anche Luca ebbe voglia di scappare e lasciare ad altri, più grandi e forti, il compito di affrontare il Mostro. Ma gli uccelli, i pesci e gli alberi avevano chiesto aiuto proprio a lui. Non si sentiva di abbandonarli.

"Farò quello che posso" disse a se stesso. Guardò il Mostro e non indietreggiò.

Silvia si alzò, raggiunse il fratello e gli strinse la mano. La nonna si avvicinò e posò le mani sulle spalle dei bambini.

- I colori... - disse Luca.

- ...sono tanti - aggiunse Silvia.

- ...sono diversi.

- ...e sono tutti belli.

- Quando sono insieme, in ordine...

- ...sono ancora più belli.

- Quando le cose sono in equilibrio sono belle...

- ...e si vogliono bene.

- Sono in armonia.

- Sono in pace - suggerì la nonna.

- Ho trovato - gridò Luca eccitato, - so cosa dobbiamo fare!

Tirò fuori dalla tasca la penna e il quaderno.

- Ci vuole un foglio molto più grande, e tanti più colori. Un foglio grandissimo.

- Un lenzuolo - disse la Nonna.

- Sì, va bene.

- Per i colori... potete prendere i miei! - propose il Gatto.

- Sì, dobbiamo fare un disegno grandissimo. Silvia, mi devi aiutare.

- Io non ho paura - rispose la sorella.

La nonna aprì la sua borsa e tirò fuori un lenzuolo candido, con il bordo ricamato. Poi disse sorridendo:

- Guarda caso, ho pensato di portarlo!

Distesero il lenzuolo sull'erba.

- Dobbiamo disegnare il mondo, il cielo, il mare, il bosco, non come l'abbiamo visto, ma come lo vogliamo, con i colori al posto giusto, bello come dovrebbe essere. Distruggeremo il Mostro con la bellezza - esclamò Luca.

Il Gatto Armonico saltò sul lenzuolo e la sua pelliccia si accese di decine di tinte e sfumature.

- Ecco i colori, servitevi!

- Silvia, tu dipingi il cielo più celeste e limpido che riesci a immaginare. Io farò il bosco.

Silvia affondò le mani nella pelliccia variopinta del Gatto e le sollevò grondanti di celeste. Luca fece lo stesso ed ebbe le mani piene di colore verde.

I bambini cominciarono a dipingere sul lenzuolo, velocemente. Il Gatto Armonico saltava dall'uno all'altro per offrire i suoi colori. Sul pelo i colori vorticavano, vibravano, sembravano vivi.

La nonna teneva d'occhio il Mostro Caotico che continuava ad avvicinarsi lasciandosi alle spalle una scia di sporcizia e malumore.

Adesso era così vicino che si sentiva il suo terribile odore, talmente nauseante da togliere il fiato. La nonna tossiva. Il Gatto Armonico starnutiva.

- Mi bruciano gli occhi - si lamentò Silvia.

- È il Mostro. Non ti fermare. Non lo guardare - raccomandò Luca.

- Coraggio, bambini - li incitò la Nonna.

I bambini continuavano a dipingere: le montagne coperte di neve, il mare azzurro e cristallino, la spiaggia dorata, gli alberi e i prati verdi. Gli alberi veri, per aiutarli, lasciavano cadere foglie e petali sul prato dipinto.

Il tanfo del Mostro era tremendo.

L'aria, piena di fumo, era irrespirabile.

Adesso anche Luca e Silvia tossivano, ma continuavano a dipingere, inginocchiati sul lenzuolo. Erano concentrati sul loro lavoro senza lasciarsi distrarre da nulla. Le guance erano arrossate per la foga e la fatica. Le mani, i piedi e i vestiti erano coperti di tutti i colori.

All'improvviso si sentì come il gorgoglio di uno scarico intasato, però molto più forte.

GRRRRGGRRRRRFRSSSSCCRRR!

Era la voce del Mostro Caotico.

I bambini sussultarono per lo spavento.

Il Mostro era vicinissimo. Saliva la collina, schiacciando i cespugli e abbattendo gli alberi. Alle sue spalle restava una scia di distruzione.

Sul lenzuolo, però, c'era un meraviglioso paesaggio.

I bambini si alzarono e si allontanarono un poco per vederlo meglio.

- Miao, è bellissimo - disse il Gatto tra gli starnuti.

- È un capolavoro! - esclamò commossa la Nonna.

- Ci aiuteranno gli uccelli? - chiese Luca.

- Certo - affermò il Gatto.

Poi chiamò:

- Mi mia mi miaooooo.

Subito una stormo di uccelli volteggiò sulle loro teste e si posò cinguettando freneticamente.

- Eccoci, siamo pronti!

- Questa sarà la trappola per il Mostro Caotico - spiegò Luca, indicando il lenzuolo dipinto. - Voi, uccelli, dovreste sollevare il lenzuolo e farlo cadere addosso al Mostro. Lo intrappoleremo nella bellezza. Ci potete riuscire?

- Certamente. Siamo piccoli, ma siamo tanti.

Gli uccellini si sistemarono tutt'intorno al lenzuolo, lungo il bordo. Ognuno prese nel becco un lembo. Quando il Gatto diede il segnale, tutti gli uccelli si alzarono in volo, sollevando il lenzuolo.

- Noi dobbiamo distrarre il Mostro.

I bambini, la nonna e il Gatto Armonico si misero a gridare verso il Mostro, a rivolgergli smorfie e sberleffi.

Il Mostro Caotico si voltò verso di loro. Era alto quanto un albero. Li guardò di sbieco e, come se volesse mangiarli, aprì una specie di bocca sdentata e storta da cui uscivano una bava verdastra e un tanfo tremendo.

All'improvviso emise un grido terrificante.

GUUEEEGROLNAEPPPRRRRRRRRRETT!

In quel momento gli uccelli lasciarono cadere il lenzuolo.

Il Mostro si fermò, cercò di scrollare via il lenzuolo dalla testa, di spostarlo con il braccio (ma era un braccio senza mano), si agitò, inciampò, barcollò... e cadde a terra con un gran tonfo.

Tutte le cose schifose di cui era fatto si staccarono e si sparpagliarono.

Del Mostro rimase solo un mucchio di spazzatura puzzolente.

- Urrà! Urrà!

- Abbiamo vinto.

- Miaoooo.

I bambini, la nonna e il Gatto saltavano e si abbracciavano per la gioia, mentre gli uccelli volteggiavano nel cielo.

Prima di sporcare, pensa!

Luca e Silvia erano nella loro cameretta, insieme al Gatto Armonico. Erano ancora eccitati per la vittoria sul Mostro Caotico e coperti di colori dalla testa ai piedi, compresi i capelli. Assomigliavano proprio al Gatto Armonico. Si guardarono l'un l'altro e scoppiarono a ridere. Si raccontarono ancora una volta i momenti più emozionanti della loro avventura, a mezza voce, per non svegliare la mamma e il papà.

- Sei stata brava! - disse Luca.

- E tu sei stato furbo! - rispose Silvia.

- Siamo stati coraggiosi!

- Tornerai a trovarci, Gatto? - domandò Silvia.

- Miao, certamente! Voi verrete a trovare me e la nonna?

- Verremo di sicuro - promise Luca.

- Tornerà anche il Mostro Caotico? - chiese di nuovo Silvia.

- Chissà? Quando i rifiuti e i cattivi pensieri si accumulano troppo, un mostro può sempre nascere. Ma si può riconoscerlo e sconfiggerlo.

- Gatto, devo confessarti una cosa... - disse Luca.

- Ti ascolto.

- Ho avuto paura del Mostro Caotico.

- È normale - rispose il Gatto. - Era grande e spaventoso. Però non sei scappato.

- Ho avuto anche paura di essere preso in giro dai compagni - spiegò Luca. - Avevo promesso di raccontare a tutti cosa avevamo scoperto nel nostro viaggio. Però non l'ho fatto. Credevo che sarebbe stato inutile.

- E adesso? - domandò il Gatto.

- Insieme abbiamo sconfitto il Mostro. Vorrei sconfiggere anche le brutte abitudini che rovinano e inquinano il mondo. Adesso starò attento ai rifiuti e al rumore. Ho capito che le mie azioni hanno delle conseguenze che possono arrivare molto lontano.

- Miao, hai capito la cosa più importante - commentò il Gatto Armonico.

- Ma come faccio a convincere gli altri a cambiare senza diventare antipatico?

- Per andare più in là bisogna camminare. Per camminare bisogna fare un passo dopo l'altro.

- Forse non mi crederanno neppure!

- Quando cammini, gli altri ti vengono dietro. Tu comincia. Se ognuno di noi prova a cambiare qualcosa, tutti insieme riusciremo a cambiare qualsiasi cosa.

- Sì, voglio farlo! - promise Luca con tono fiero. - In tanti contano su di me: gli uccelli, i pesci, gli alberi. Non voglio abbandonarli!

- Anch'io voglio farlo! - disse Silvia.

- È un impegno grande - continuò Luca, - ma insieme ci possiamo riuscire. Insieme a mamma e papà, a Silvia, a Paolo e Gianni, e alla nonna.

- ...E al Gatto Armonico, vostro amico per sempre.

- Continuerai ad aiutarci?

- Miao! Potete sempre contare su di me, sui colori, sulla fantasia e sui sogni che sono dentro di voi.

- Chiederò alla mamma di darmi un bicchiere da portare a scuola - continuò Luca, - e a papà di mettere un cestino per la carta nella nostra camera.

I bambini sorrisero felici pensando al mondo finalmente pulito. Si presero per mano e strinsero delicatamente la coda del Gatto Armonico, come quando si fa un patto. Si abbracciarono, riunendosi ancora nella semplice, ma ricca amicizia, nata grazie alla loro avventura.

Il Gatto si accese di tutti i colori della terra e del cielo e aggiunse:

- Ci riusciremo, insieme. Quando gli amici vi chiederanno perché vi comportate in modo diverso da loro potete dire così:

Se vuoi il cielo celeste e bello,
l'aria pura e profumata,
vai a piedi o col cammello,
l'automobile va fermata.

Per un mare azzurro e chiaro
basta dire alle persone:
"con la caldaia fai l'avaro,
non usar tanto sapone".

Se cartacce, lattine e bottiglie
getterai nei bidoni più giusti,
sulla spiaggia, troverai conchiglie
e sabbia dorata per tutti i gusti.

Boschi verdi, terra felice,
prati, fiori e frutti gustosi,
se stai attento a pile e vernice,
e a tutti i veleni pericolosi.

Qualche volta parla più piano,
non far rumore, spegni la luce,
nel silenzio c'è un canto lontano,
che tra le stelle ti conduce.

Per cambiare ci vuole pazienza,
un po' ogni giorno, con costanza,
procedi con ordine e vigilanza,
non scoraggiarti, c'è sempre speranza.

Il mondo è la casa di tutti gli uomini,
è tondo per starci tutti più comodi,
razze diverse, colori variopinti,
pensieri che sembrano labirinti.

Ma uguali per tutti sono i sogni,
gli stessi sono doveri e bisogni:
aria, acqua e terra pulita...
Non le sporcare, pensa alla vita!

PER COMPRENDERE MEGLIO

Schede didattiche a cura di
Giovanna Marchegiani

PERICOLO INQUINAMENTO

L'inquinamento ambientale è un problema molto serio. Ognuno di noi, infatti, produce enormi quantità di rifiuti: alcuni si decompongono nel terreno e vengono riassorbiti dalla natura, altri invece rimangono nell'ambiente per un periodo di tempo impensabile.

Con l'aiuto del tuo sussidiario cerca di rispondere correttamente.

I **giornali** e le **riviste**

- [ ] non vengono smaltiti.
- [ ] vengono smaltiti in 15 anni.
- [ ] impiegano circa un anno prima di essere smaltiti.

I **rifiuti organici**

- [ ] si smaltiscono più lentamente di tutti gli altri.
- [ ] danneggiano il terreno.
- [ ] nutrono il terreno.

La **plastica**

- [ ] viene assorbita direttamente dal terreno.
- [ ] può resistere fino a mille anni.
- [ ] non produce inquinamento.

Le **lattine di alluminio**

- [ ] possono resistere anche 1 giorno.
- [ ] possono resistere anche 1 anno.
- [ ] possono resistere anche 100 anni.

Le **bottiglie** e i **barattoli di vetro**

- [ ] possono impiegare 4 giorni per decomporsi.
- [ ] possono impiegare 4 anni per decomporsi
- [ ] possono impiegare 4000 anni per decomporsi.

LA RACCOLTA DIFFERENZIATA

C'è un solo modo per salvare l'ambiente: praticare la raccolta differenziata, cioè gettare ogni rifiuto nel suo cassonetto.

Unisci con una freccia nel modo corretto.

Tramite la raccolta differenziata, infatti, plastica, metallo, vetro e carta vengono pressati, fusi e ritrasformati in nuovi oggetti.

Quali oggetti possono essere ricavati dai seguenti rifiuti? Collega.

Rifiuti

Nuovi oggetti

VASO DI VETRO

PANCHINA E SEDIA DI PLASTICA

OLIERA DI ALLUMINIO

CARTA IGIENICA

L'INQUINAMENTO DELL'ARIA

L'aria che respiriamo non è pulita: le industrie, le automobili e il riscaldamento delle case immettono nell'atmosfera gas e fumi nocivi per la respirazione degli essere viventi.

Per limitare l'inquinamento dell'aria è preferibile:

- [ ] Andare a piedi, quando le distanze sono brevi
- [ ] Usare sempre la macchina per ogni spostamento
- [ ] Costruire nuove centrali che immettono fumi

Perché una soluzione potrebbe essere quella di usare maggiormente i mezzi di trasporto (autobus, treno...)?

_ _

_ _

Il buco nell'ozono

Nell'atmosfera c'è uno strato di ozono, un gas molto prezioso per la salute dei viventi perché protegge dai raggi troppo violenti del sole. L'inquinamento dell'aria ha ridotto questo strato, creando dei veri e propri "buchi".

Perché il buco nell'ozono è pericoloso?

- [ ] Senza l'ozono non vengono più filtrati i dannosi raggi ultravioletti
- [ ] Senza l'ozono passa maggiormente la pioggia

La deforestazione

Da anni moltissimi boschi in qualsiasi parte del mondo vengono sfruttati senza sosta, sia per utilizzare il legname, sia per ricavare terreni coltivabili.
Anche la foresta dell'Amazzonia, la più grande della terra, oggi è molto ridotta a causa della deforestazione.

Perché la deforestazione è pericolosa?

- [ ] Perché si riduce la quantità di ossigeno disponibile
- [ ] Perché si riduce la quantità di ombra presente

L'ACQUA, UN BENE PREZIOSO

L'acqua è uno dei beni più preziosi al mondo ed è indispensabile per la vita.

Consigli per non sprecare l'acqua

Colora solo la freccia collegata alla risposta giusta.

QUANDO DEVI LAVARTI...
- Fai la doccia
- Fai il bagno

QUANDO VUOI ANNAFFIARE LE PIANTE...
- Usi l'acqua del rubinetto
- Usi l'acqua che la mamma ha usato per lavare la frutta e la verdura

QUANDO TI LAVI I DENTI...
- Chiudi il rubinetto
- Lasci il rubinetto aperto

ACQUE INQUINATE

L'uomo, oltre a sprecare l'acqua, la inquina indiscriminatamente. Gli scarichi domestici e industriali che finiscono nei fiumi, nei laghi e nei mari sono sempre più massicci e pericolosi.

COME SI POSSONO SALVARE LE NOSTRE ACQUE?

Prova a scrivere le tue soluzioni.

a) -

- -

- -

b) -

- -

- -

c) -

- -

- -

L'INQUINAMENTO ACUSTICO

Il Gatto Armonico parla anche di inquinamento acustico, provocato dal traffico eccessivo.

Il rumore prodotto dal traffico ha effetti molto dannosi per l'apparato uditivo e per il sistema nervoso.

- Segna con una X le azioni che possono essere considerate troppo rumorose.

☐ Suonare con insistenza il clacson della macchina di papà per vari secondi.

☐ Leggere un libro e ripeterlo mentalmente.

☐ Parlare con gli amici a bassa voce.

☐ Urlare in classe durante la ricreazione.

- Quale di questi due rumori può provocare inquinamento acustico?

☐ Il fruscio delle foglie

☐ Il rumore del martello pneumatico

UN TEST... ECOLOGICO

COME TI COMPORTI QUANDO SEI AL MARE?

1) **FRUTTA:** DOVE BUTTI LE BUCCE?

- A. Nel cestino.
- B. In acqua.

2) **BOTTIGLIE DELLE BIBITE:** COSA NE FAI?

- A. Le accartocci e le metti nel cestino del bar.
- B. Le nascondi sotto la sabbia.

3) **CARTE DELLE MERENDINE:** COME TI COMPORTI?

- A. Le raccogli e le getti poi in un cestino di rifiuti.
- B. Le nascondi sotto la sabbia.

4) **SABBIA:** COME LA CONSIDERI?

- A. Un elemento della natura da rispettare.
- B. Una specie di immondezzaio.

COME TI COMPORTI AL PARCO?

5) **ALBERI:** COME LI TRATTI?

- A. Non rompi i rami.
- B. Scrivi le tue iniziali con il temperino.

6) **PRATO:** COSA FAI CON IL TAPPETO ERBOSO?

- A. Lo rispetti e lo lasci pulito.
- B. Fai delle buche.

7) **FIORI:** COSA FAI IN UN'AIUOLA FIORITA?

- A. Eviti di calpestarla.
- B. Ci corri sopra.

8) **PALLONE:** COME LO USI?

- A. Ci giochi dove è consentito.
- B. Ci giochi anche dove è vietato.

N.B. Sei un **SUPER ECOLOGISTA** solo se hai messo sempre le crocette sulla lettera **A**.

UN ECOSISTEMA CHE FUNZIONA

In un ECOSISTEMA, le diverse risorse, come acqua, aria, suolo, energia, sono ben distribuite tra gli esseri viventi che ne fanno parte. Così si crea un equilibrio NATURALE fra i produttori.

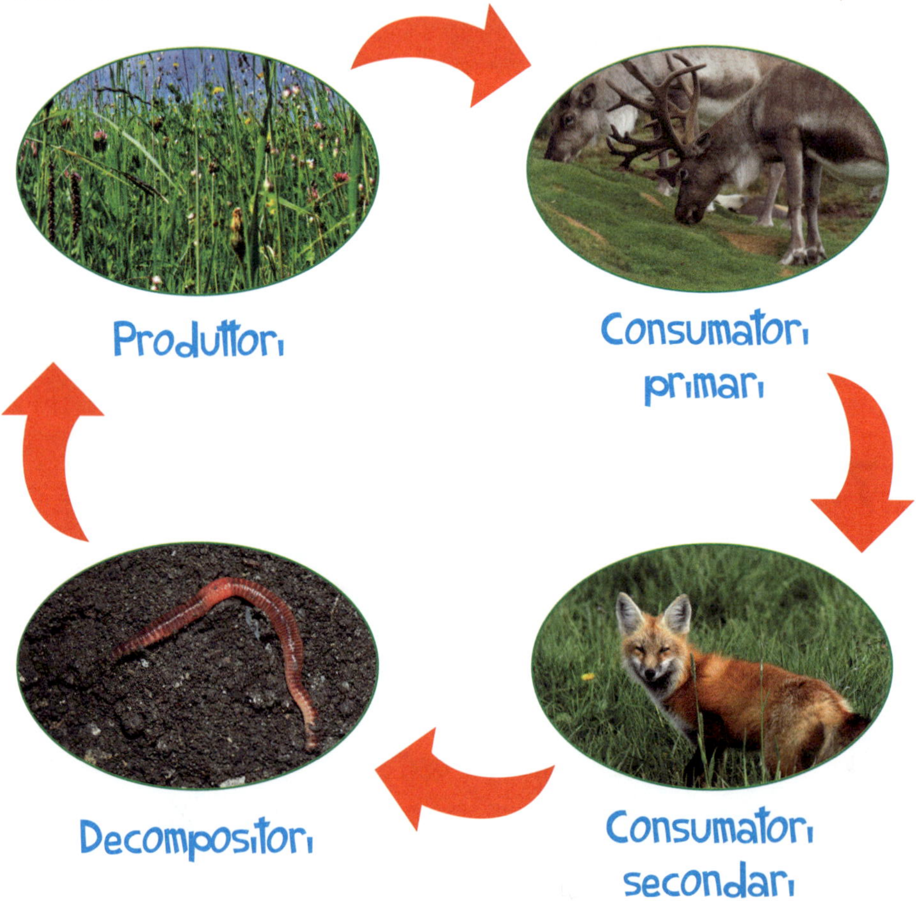

Se nell'ambiente si verificano cambiamenti improvvisi, l'equilibrio si rompe.

Quali possono essere le conseguenze della rottura di un ecosistema?
Segna con una X la frase sbagliata.

Alcune specie di animali possono estinguersi. ☐

Alcune specie di animali prendono il sopravvento su altre. ☐

Alcune specie di animali sono costrette a spostarsi. ☐

Possono scomparire alcuni tipi di piante. ☐

La vegetazione diventa più rigogliosa. ☐

COSTRUISCI LA SCHEDA DEL LIBRO

AUTORE: ....

TITOLO: ....

CASA EDITRICE: ....

GENERE: (giallo-umoristico-fiabesco...)..

PROTAGONISTI: ....

....

EPISODIO CHE MI È PIACIUTO DI PIÙ: ....

....

....

GIUDIZIO PERSONALE: ....

....

....

Indice

Serie Rossa (a partire dai 7 anni)

1 – *Esopo* – Le più belle favole
2 – *Antonella Ossorio* – Tante fiabe in rima
3 – *Carlo Collodi* – Pinocchio
4 – *Luigino Quaresima* – L'astrobolla
5 – *Gabriella Pirola* – Nata sotto un cavolo
6 – *Luigi Capuana* – Trottolina e altre fiabe
7 – *Paola Valente* – La Maestra Tiramisù
8 – *Fatima Mariucci* – Il formicuzzo Gennaro
9 – *Giovanna Marchegiani* – Leo e... Poldo
10 – *Antonella Ossorio* – Tante favole in rima
11 – *Domenico Romano Mantovani* – L'omino nella tromba
12 – *Marco Moschini* – I rapatori di teste
13 – *Nicola Cinquetti* – Un pirata in soffitta
14 – *Valente, Mantovani, Moschini, Cinquetti* – Fra streghe e... risate
15 – *Annalisa Molaschi* – Un safari emozionante
16 – *Rosalia Mariani* – Guerra agli spauracchi
17 – *Maria Strianese* – Il ragno volante
18 – *Annamaria Piccione* – Hanno rapito mio fratello!
19 – *Paola Segantin* – Non arrenderti, Fortuna!
20 – *Gabriella Pirola* – Domitilla
21 – *Quaresima, Pirola* – Una stella e... un mostro!
22 – *Nadia Bellini* – Le ortiche della saggezza
23 – *Eleonora Laffranchini* – Maurizio, gatto egizio
24 – *Ivonne Mesturini* – Girogirotondo
25 – *Annamaria Piccione* – Il gallo che amava la luna
26 – *Ottino, Conte* – Il paese del pesce felice
27 – *Nazzarena Stival* – Il fantasma dell'Osservatorio
28 – *Marina Rossi* – Tonto e Bla Bla
29 – *Angela Riva* – L'orripilante Mostro Trinciasucchiapelo
30 – *Locatello, Vitillo* – La botticella perduta
31 – *Sergio Luigi Bortot* – Il Natale degli Gnomi
32 – *Roberto Albanese* – Sette note per un mistero

33 – Maria Strianese – Alla ricerca dei colori perduti
34 – Sofia Gallo – Giò Duepiedi
35 – Fornara, Gamba – Telefonino, non friggermi la zucca!
36 – *Sabrina Rondinelli* – Caterina e i folletti scolastici

Serie Blu (a partire dai 9 anni)

1 – Rudolf Erich Raspe – Il Barone di Münchhausen
2 – Cinzia Marotta – Koll, la città sulle isole
3 – Lyman Frank Baum – Il Mago di Oz
4 – Luigino Quaresima – Il ritorno della mummia
5 – *Nadia Bellini* – Il mondo di Federico
6 – *Oscar Wilde* – Il Principe Felice e altri racconti
7 – Olga Sesso – Janurè e le favole del mondo
8 – *Ruben Marini* – Alto, forte, con i capelli un po' lunghi
9 – *Luigino Quaresima* – Prigionieri della strega
10 – Loredana Frescura – Protov non dimentica
11 – Rosa Dattolico – Accidenti, che estate!
12 – Paola Valente – La classe terribile
13 – Eleonora Laffranchini – Caccia al virus
14 – Marco Tomatis – Il mistero della pietra nera
15 – *Frescura, Laffranchini, Tomatis* – Gatti, attori e battaglie
16 – Gualtiero Bordiglioni – Il professore non è matto
17 – Daniela Donati – L'alzabambini
18 – Luigi Ferraresso – Ciao maestro
19 – Rossana Guarnieri – Il mistero del drago
20 – Annamaria Pozzi – Prigionieri in alto mare
21 – Fiorella Herber Fattorini – Barra–Cuda
22 – Bordiglioni, Herber Fattorini, Molaschi – Misteri per tutti i gusti!
23 – Fatima Mariucci – La gattina e le scarpe da tennis
24 – Sperone, Tosco – L'amico nel taschino
25 – Nandina Muzzi – L'urlo
26 – Fiorella Herber Fattorini – La stanza dell'equinozio
27 – Cinzia Medaglia – Pepi il vagabondo

28 – *Rita Stecconi* – Il mistero dei Roccamanero
29 – *Elena Spelta* – SOS mare
30 – *Paola Ferrarini Montanari* – La Banda dei Bix
31 – *Ivonne Mesturini* – Un amico venuto dal mare
32 – *Cinzia Milite* – Sotto lo stesso sole
33 – *Michela Albertini* – Nina e la capanna del cuore
34 – *Paola Valente* – La Casa di Nonna Italia
35 – *Paola Valente* – Il tesoro dell'Unità
36 – *Domenico Romano Mantovani* – Il veliero di Capitano Strong
37 – *Patrizia Ceccarelli* – Il filo che ci unisce
38 – *Paola Valente* – È stato il silenzio

Serie Un tuffo nella storia

– *Nadia Vittori* – Testa dura ma... geniale
– *Nadia Vittori* – In marcia tra i ghiacci
– *Nadia Vittori*– Alla ricerca del pugnale sacro
– *Nadia Vittori* – Il profumo della porpora
– *Nadia Vittori* – Gli scribi reali
– *Nadia Vittori* – L'alloro e la spada
– *Nadia Vittori* – La Guerra di Troia
– *Nadia Vittori* – L'Odissea
– *Claudio Elliott* – L'Eneide
– *Nadia Vittori* – Il segreto dei vasi neri
– *Nadia Vittori* – La lupa e l'aquila
– *Nadia Vittori* – Le ali della fortuna
– *Nadia Vittori* – Tre cuccioli imperiali
– *Nadia Vittori* – La spada delle steppe
– *Nadia Vittori* – La Preistoria: Miti–Scoperte–Invenzioni
– *Nadia Vittori* – Le civiltà dei fiumi e dei mari: Miti e leggende
– *Nadia Vittori* – L'antica Roma: Le più belle leggende

Serie I Grandi della Storia

– *Michele Santuliana* – Sui passi di un condottiero (Alessandro Magno)
– *Claudio Elliott* – La Regina delle regine (Cleopatra)
– *Ivan Sciapeconi* – Il primo Imperatore romano (Ottaviano Augusto)

Serie I Classici

– *Esopo* – Le più belle favole
– *Lyman Frank Baum* – Il Mago di Oz
– *Lewis Carroll* – Alice nel Paese delle Meraviglie
– *Carlo Collodi* – Pinocchio
– *Edmondo De Amicis* – Cuore
– *Louise May Alcott* – Piccole Donne

Serie A spasso con la geografia

– *Isabella Paglia* – La famiglia Millemiglia tra i monumenti d'Italia
– *Isabella Paglia* – La famiglia Millemiglia tra le bellezze naturali
– *Isabella Paglia* – La famiglia Millemiglia tra i fiumi e i laghi
– *Isabella Paglia* – La famiglia Millemiglia tra i monti e le colline

GLI AUTORI DEI TESTI DELLA COLLANA "IL MULINO A VENTO" SONO DISPONIBILI AD EFFETTUARE INCONTRI CON LE CLASSI INTERESSATE AL PROGETTO LETTURA, ORGANIZZATI DA SCUOLE, LIBRERIE O ALTRE ISTITUZIONI.

PER OGNI INFORMAZIONE:
www.ilmulinoavento.it/incontri/home.htm
info@ilmulinoavento.it

Puoi visionare i testi di narrativa on-line.
Collegati al sito:
www.ilmulinoavento.it

Approfondimenti e schede online su www.raffaellodigitale.it

Per far sì che la lettura dei nostri testi risulti ancora più accattivante e al passo con i tempi, hai a disposizione apposite schede multimediali sul sito *www.raffaellodigitale.it*

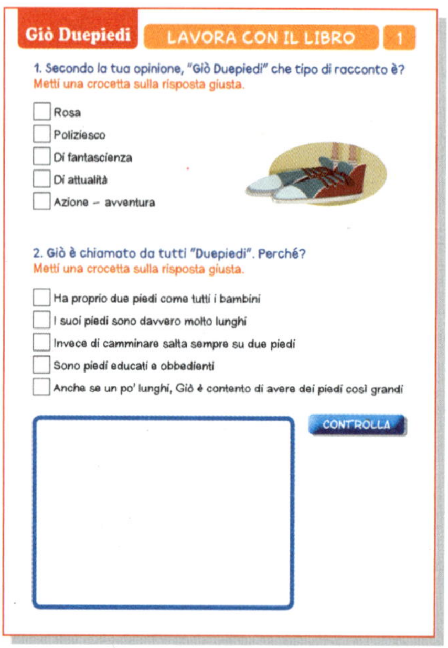

Alla ricerca dei colori perduti